悦会 唐诗

安卓卡通 编

心韵袅袅 |凝望|

陕西新华出版传媒集团

三秦出版社

图书在版编目（CIP）数据

心韵袅袅.凝望／安卓卡通编.
—西安：三秦出版社，2015.1（2020.5重印）
（悦绘唐诗系列）
ISBN 978-7-5518-0396-0

Ⅰ.①心… Ⅱ.①安… Ⅲ.①唐诗－诗歌欣赏
Ⅳ.①I207.22

中国版本图书馆CIP数据核字（2012）第312281号

心韵袅袅·凝望

责任编辑	朱梦娟
美术设计	安卓卡通
出版发行	陕西新华出版传媒集团　三秦出版社
社　　址	西安市雁塔区曲江新区登高路1388号
电　　话	（029）81205236
邮政编码	710061
印　　刷	三河市聚河金源印刷有限公司
开　　本	787mm×1092mm　1/16
印　　张	4.5
字　　数	7千字
版　　次	2015年1月第1版 2020年5月第2次印刷
标准书号	ISBN 978-7-5518-0396-0
定　　价	19.80元

网　　址	http://www.sqcbs.cn

花季绘：妙不可言的唐诗体验

——代序言

如果抛开表达的方式，仅从感知世界这个层面来讲，艺术是相通的，所以就有了通感的存在。作为语言文字的艺术，好的诗歌同样也能突破语言、文字这些载体的束缚，给我们带来更为通透、更为丰富、更为生动的跨感官的审美享受。唐诗，在东方大地上空飘荡千年的行吟歌声就是经典的审美个案，她至今仍能给我们带来丰富的审美感受和强大的审美冲击！

唐诗，是中国的，更是世界的；是传统的，但不是固步自封的。我们不仅能感受唐诗语言文字之美、音律节拍之美，更想去分享诗人的心底境遇。每一首唐诗在我们的眼里犹如一段赏心悦目的短片。千年以来，人们对唐诗的呈现更多的是极力再现、还原诗人最初创作场景以及原始冲动，忽略读者的主观感受。翻阅演绎唐诗的各种版本也都是照搬、重现唐诗风情画面。我们对唐诗仅止于目睹诗人作诗而自己袖手旁观吗？这样，我们做这套书的意义就凸显了。

我们应该主观地体验唐诗，而不是被拘泥在一个小小的框里，"花间一壶酒"的酒非要是花雕、竹叶青之类的古酒吗？一杯茅台甚至洋酒，不可以吗？读诗非要宽袍大袖、古风十足才行吗？女人不能读李白的诗吗？洋人不能学习王维的诗吗？唐诗是不朽的，纵情奔放，若天马行空，任何禁锢它的想法都只是妄念，我们设定的读者主体是花季少女，陶冶情操、培养气质。所以，我们摒弃传统表现，即把唐诗的诗意或情节以简单故事漫画形式直白地表达出来，而是用最能体现心理状态又充满美感的手绘形式来展现，把唐诗变成了绘本，给每个人感受唐诗的机会，既完美地阐释了唐诗的意境，又符合现代人的审美特征，让唐诗不再高高在上，而能抒情达意，甚至成为一种时代潮流，引领时尚。把传统和时尚完美地结合起来，使得唐诗实现了一次跨越时空的审美穿越。

以往版本的唐诗是对传统的追溯，这套书更关注读者的自由思维、发散想象。这是我们备受压力的原因，更是本书的亮点。宁愿华丽转身，别开生面，赋予它新的意义和使命，也不再老调重弹。相信《悦绘唐诗》是绝佳的视觉盛宴，更是美妙的心灵之旅。

欲穷千里目，更上一层楼。

——《登鹳雀楼》

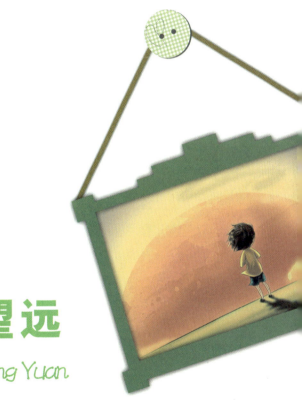

登高望远

Deng Gao Wang Yuan

乐游原

李商隐

向晚意不适①，　驱车登古原②。
夕阳无限好，　只是近黄昏。

①意不适：心情不舒畅。

②古原：即乐游原，是长安附近的名胜，在今陕西西安东南部。

☀ 诗意

　　傍晚的时候我心情不太好，于是驾车来到乐游原想散散心。站在这里，看着夕阳下一片美丽的景色，只可惜马上要天黑了，这夕阳下的美景太短暂了。

登鹳雀楼①

王之涣

白日依山尽，黄河入海流。
欲穷千里目，更上一层楼。

☀注解

①鹳雀楼：旧址在今山西永济，传说鹳雀经常栖息于楼上。原是三层高的城楼，不是独立建筑。

☀诗意

　　夕阳渐渐沉没在山的那一边，滔滔黄河水朝东方汹涌而去。如果你想看到更多更远的风景，那就再登上一层楼吧！

大堤行寄万七①

孟浩然

大堤行乐处， 车马相驰突②。
岁岁春草生， 踏青二三月。
王孙挟珠弹③， 游女矜罗袜④。
携手今莫同， 江花为谁发。

☀注解
①大堤行：乐府曲调名。大堤，在襄阳城外。
②相驰突：形容往来车马的繁多。
③珠弹：以珠作弹，这里借指富贵的意思。
④矜：自夸。罗袜：丝罗织的袜。

☀诗意
春天来了，人们成群结队地到襄阳城外踏青，坐车的骑马的，来来往往，格外欢乐。襄阳的人们年年在春草茂盛的二三月出城踏青，照例少不了携带珠弹的公子哥儿们，自我炫耀罗袜的小姐、少妇们。可在今春，我不能跟好朋友一起来游玩，即使花开得再漂亮也无心欣赏。

春 晓①

孟浩然

春眠不觉晓，
处处闻啼鸟。
夜来风雨声，
花落知多少?

☀ 注解

①春晓：春天的早晨。

☀ 诗意

春天的晚上我一觉睡到天亮，醒来时听到窗外到处有鸟的叫声。恍惚记得半夜里似乎有沙沙的风雨声，这一夜风雨不知道吹落了多少花儿。

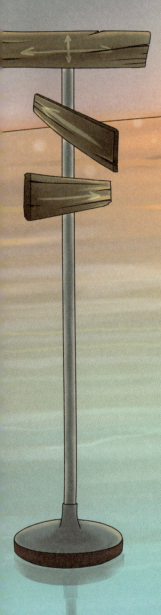

渡汉江

宋之问

岭外音书断^①，经冬复历春。
近乡情更怯，　不敢问来人。

❀注解

①岭外：五岭之南，就是今广东一带。

❀诗意

　　我在岭南一年多来，与世隔绝，和家人联系不上，现在返回到汉江边了，离家越近反而越不安，即使遇到老乡也不敢开口相问，生怕听到不好的消息。

放言五首（其一）

白居易

朝真暮伪何人辨， 古往今来底事无①。
但爱臧生能诈圣②， 可知宁子解佯愚③。
草萤有耀终非火， 荷露虽团岂是珠。
不取燔柴兼照乘④， 可怜光彩亦何殊。

☀ **注解**

①底：啥，什么。
②臧（zāng）生：指臧武仲，春秋时人，在当时的贵族中有"圣人"之称。诈圣：指臧武仲的奸诈。
③宁（nìng）子：指宁武子，春秋时人。解：懂得。佯愚：装痴。
④燔（fán）柴：烧火用的柴，这里指大火。照乘：光亮能照明车辆的宝珠。

☀ **诗意**

　　早晨还装得跟真的似的，到晚上却揭穿了是假的，古往今来，什么样的怪事没出现过？可有谁预先识破呢？世人只爱臧武仲式的假圣人，哪知道还有宁武子那样懂得如何装痴卖傻的人？萤火虫虽然光亮但终究不是火，露滴虽圆圆的可仍旧不是珠。如果不用大火和明珠来做比较，有怎么能识别真假呢？

放言五首（其二）

白居易

世途倚伏都无定[1]，尘网牵缠卒未休[2]。
祸福回还车转毂[3]，荣枯反覆手藏钩[4]。
龟灵未免刳肠患[5]，马失应无折足忧。
不信君看弈棋者，输赢须待局终头。

注解

①倚伏：即《老子》所说"祸兮福之所倚，福兮祸之所伏"，简言"倚伏"。

②尘网：犹尘世，即人世。卒：始终。

③回还：同回环。车转毂（gǔ）：像车轮转动一样。

④荣枯：本指草木盛衰，常以比政治上的得志与失意。藏钩：古代一种游戏。

⑤刳（kū）：杀、割、剖开。

诗意

　　世间万事万物没有既定的祸或福，它们就像转动的车轮、难以捉摸的藏钩游戏一样在不停变化、转换。龟通灵性却免不了要被人杀掉的祸患，马丢了反而免去了脚被摔断的灾难。如果不信，你可以去看看那些下棋的人，谁输谁赢需要到最后才能知道。

放言五首（其三）

白居易

赠君一法决狐疑①，不用钻龟与祝蓍②。
试玉要烧三日满，辨材须诗七年期。
周公恐惧流言日，王莽谦恭未篡时。
向使当初身便死③，一生真伪复谁知④？

☀注解
①狐疑：犹豫不决。
②钻龟、祝蓍（shī）：古代两种占卜的方法。或是钻龟壳后，看其裂纹以卜吉凶，或是拿蓍草的茎进行排列组合后看卦象。
③向使：假如。
④复：又（有）。

☀诗意
　　我告诉你一个解决狐疑的方法，不用钻龟来预测吉凶，也不用蓍草来测算兆头，就像辨别玉石和木材一样，坚贞之士、优秀人才也需要磨练才会被认可。一片赤诚、忠心耿耿的周公曾被篡位流言污蔑，真正的篡位者王莽也曾用谦恭的君子形象蒙蔽世人。如果没有经过时间考验，又有谁会知道他们到底谁真谁假呢？

放言五首（其四）

白居易

谁家第宅成还破①，何处亲宾哭复歌②？
昨日屋头堪炙手③，今朝门外好张罗④。
北邙未省留闲地⑤，东海何曾有定波⑥？
莫笑贱贫夸富贵，共成枯骨两如何？

注解
①第宅：住宅。官员和贵族的大住宅。
②亲宾：亲人和朋友。哭复歌：因显贵而歌，因败亡而哭。
③炙手：热得烫手，比喻权贵势焰之盛。
④张罗：本指张设罗网捕捉禽鸟，常以形容冷落少人迹。
⑤北邙：指邙山，在今河南洛阳北。东汉至北朝期间，王公贵族、官吏富豪死后多埋葬于此地。未省：未见。
⑥东海：传说中的仙人麻姑亲眼见到东海三次变为桑田。

☀ 诗意

　　官员、贵族的大宅子破败了，亲人朋友死亡了，昨天炙手可热的人家，今朝门可罗雀。浩瀚的东海变为桑田，宇宙的一切都在变化，世界就在这变化中发展、前进。人生的富贵也是变化的，所以决不能因为自己的一时显荣，就自我夸耀，看不起别人。

放言五首(其五)

白居易

泰山不要欺毫末，颜子无心羡老彭[①]。
松树千年终是朽，槿花一日自为荣[②]。
何须恋世常忧死，亦莫嫌身漫厌生[③]。
生去死来都是幻，幻人哀乐系何情？

☀ **注解**

①颜子：即颜回，孔子的得意弟子。老彭：指彭祖,传说中的长寿者。

②槿（jǐn）：即木槿花。开花时间较短，一般朝开暮落。

③嫌身：嫌弃自己。漫：随便。厌生：厌弃人生。

☀ **诗意**

　　泰山再怎么雄伟高大也不必小视低矮的山丘，颜回再怎么短命也不会羡慕长寿的彭祖；松树千年后也会变成朽木；木槿花是早上开了晚上就落——像这样的新陈代谢是自然的根本规律，所以不必忧虑生死、埋怨自己、厌弃人生，这一切都是再正常不过的自然现象。

枫桥夜泊

张 继

月落乌啼霜满天，江枫渔火对愁眠[1]。
姑苏城外寒山寺[2]，夜半钟声到客船。

☀ **注解**

① 渔火：渔船上的灯火。
② 姑苏：今江苏苏州。寒山寺：苏州枫桥附近的寺院，在枫桥西一里，初建于梁代，相传唐初诗僧寒山曾住于此，因而得名。

☀ **诗意**

寂静的夜晚，冷霜弥漫，乌啼鸣叫，对面的渔船上灯火映红了江边的枫树，它们搅得我难以入睡。在这姑苏城外的寒山寺旁，大半夜还会有悠悠钟声飘到我的客船。

赋得古原草送别

白居易

离离原上草①，一岁一枯荣。
野火烧不尽，春风吹又生。
远芳侵古道②，晴翠接荒城③。
又送王孙去④，萋萋满别情⑤。

☀ **注解**

①离离：形容野草茂盛，长长下垂的叶子随风摇摆的样子。
②远芳：蔓延到远方的野草。
③晴翠：晴朗的阳光下的一片野草。
④王孙：原指贵族子孙，这里借指作者的朋友。
⑤萋萋：野草茂盛的样子，形容野草连绵。

☀ **诗意**

　　郊野平地上的草长得很旺，每年都会经历枯萎和繁荣的过程；野火也无法将它烧尽，春风一吹，它又生长了出来；野草的芳香在古老的道路上弥漫，阳光下，翠绿的野草通向那荒凉的城镇；又送走了亲密的好朋友，这繁茂的草儿也充满着离别之情。

建昌江①

白居易

建昌江水县门前， 立马教人唤渡船。
忽似往年归蔡渡②，草风沙雨渭河边！

❀ 注解
①建昌江：即修水，在今江西南昌北，流入长江。
②蔡渡：渭河边一个渡口，与白居易故居紫兰村隔渭河相对。

❀ 诗意
　　修水流过建昌县城外，城郭房舍倒映在清清江水里，我骑在马上教人呼喊渡船。眼前的一切我不禁想起从前返回故居时由蔡渡过渭河的情景，微风吹拂着岸边的青草，如银似雪的细沙铺满滩头。

江南逢李龟年[1]

杜 甫

岐王宅里寻常见[2]，
崔九堂前几度闻[3]。
正是江南好风景，
落花时节又逢君。

☀ **注解**
①李龟年：唐代著名的歌唱家，受唐玄宗赏识，后流落江南。
②岐王：唐玄宗的弟弟李范，被封为岐王。
③崔九：就是崔涤，在家族兄弟辈中排行第九，当时担任殿中监。

☀ **诗意**
　　当年我在洛阳时经常听你在岐王府里歌唱，还在崔九家听到你的歌声，没想到如今会在江南的落花时节遇到你啊。

蓝桥驿见元九诗

白居易

蓝桥春雪君归日，秦岭秋风我去时。
每到驿亭先下马，遍墙绕柱觅君诗。

☀注解
①蓝桥驿：在今陕西蓝田东南。先是元稹回长安经蓝桥驿时，在墙壁上提了诗。不久，白居易从长安去江州时经过这里，读到了这首诗。于是写下和诗。元九：即元稹，在家族兄弟辈中排行第九。

☀诗意
　　你回京经过这里时春雪略降、小桃初放，而如今我离开时却是秋风四起、满目萧索，接下来的驿亭还有很多，那里是不是也有你的诗呢，因此，每到一个驿亭我都会下马，绕着亭壁、亭柱先找找看。

夜来风雨声，花落知多少？

——《春晓》

夜雨落花

Ye Yu Luo Hua

勤政楼西老柳①

白居易

半朽临风树，多情立马人②。
开元一枝柳，长庆二年春。

注解

①勤政楼：即勤政务本楼，与花萼相辉楼相邻，呈丁字形，唐玄宗开元年间所建，遗址在今西安兴庆公园内。
②立马人：骑在马上的人，这里是诗人自指。

诗意

    看到风中这棵近半朽的柳树，我勒马停下，自作多情的伤感许久。唉！开元年间栽下的一棵柳树一直存活，当今皇上的长庆二年春天，还能够见证那么多年在京城发生的一切。

秋登万山寄张五

孟浩然

北山白云里，　　隐者自怡悦。
相望始登高，　　心随雁飞灭。
愁因薄暮起，　　兴是清秋发。
时见归村人，　　平沙渡头歇。
天边树若荠[1]，　江畔洲如月。
何当载酒来，　　共醉重阳节[2]

❀ 注解

①荠：野菜名，这里形容远望中，天边树林的细小。
②重阳节：旧以阴历九月九日为重阳节，有登高风俗。

❀ 诗意

　　站在北山顶上，周围白云缭绕，清风徐徐，令人沉醉。我是为了遥望才爬山的，看不到友人，但见北雁南飞，心也早随着南飞的大雁到远方去了。望着山间飘忽不定的薄雾，我不禁感慨：秋天果然最容易引发人的思绪啊。低头看见山下劳动一日回村的人们，有的正坐在渡口歇脚。再抬头远眺，远方高大的树木就像荠菜那样小，在黄昏的朦胧中却清晰可见，似乎蒙上了一层月光。什么时候你能带着酒来啊，我们一起共度重阳、开怀畅饮！

秋夜曲

张仲素

丁丁漏水夜何长[1]，
漫漫轻云露月光。
秋逼暗虫通夕响，
征衣未寄莫飞霜。

☀注解
①丁丁：滴水声。漏：古时的计时器具。它是从浮动于漏壶中的箭刻上读出时辰。

☀诗意
漫漫长夜随计时漏壶的滴水声在消逝，月亮在无边无际的轻云中时隐时现。秋天逼近，秋虫从天黑一直叫到天明。这时，我给出征在外丈夫的衣服还没有寄去，千万别下霜！

宿建德江①

孟浩然

移舟泊烟渚②，日暮客愁新。
野旷天低树， 江清月近人。

☀**注解**
①建德江：即新安江流经今浙江建德的一段江面。
②移舟：靠岸。烟渚：弥漫雾气的沙洲。

☀**诗意**
　　船停靠在烟雾迷茫的江边沙洲，暮色苍茫，引起我这在外旅行的人又一番新的愁思。远远望去，广阔原野上的树似乎比天还高了，低头看着倒映在清清江水中的月亮，感觉是与我这么地接近。

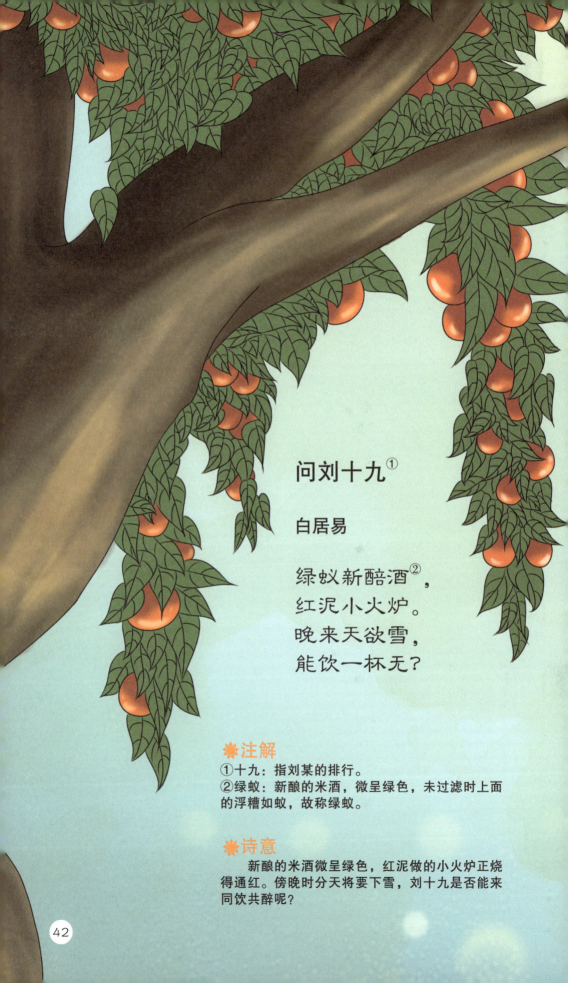

问刘十九[1]

白居易

绿蚁新醅酒[2]，
红泥小火炉。
晚来天欲雪，
能饮一杯无？

☀ 注解

①十九：指刘某的排行。
②绿蚁：新酿的米酒，微呈绿色，未过滤时上面
的浮糟如蚁，故称绿蚁。

☀ 诗意

　　新酿的米酒微呈绿色，红泥做的小火炉正烧
得通红。傍晚时分天将要下雪，刘十九是否能来
同饮共醉呢？

同李十一醉忆元九

白居易

花时同醉破春愁①，
醉折花枝作酒筹②。
忽忆故人天际去③，
计程今日到梁州④。

☀ 注解

①破：破除，解除。
②酒筹：饮酒时用以记数或行令的筹子。
③天际：肉眼能看到的天地交接的地方。
④计程：计算路程。梁州：地名，在今陕西汉中一带。

☀ 诗意

　　春天百花盛开时我却有点郁闷，于是借酒浇愁，还折了花枝当酒筹。想起出使在外的朋友，他现在应该到梁州一带了吧。

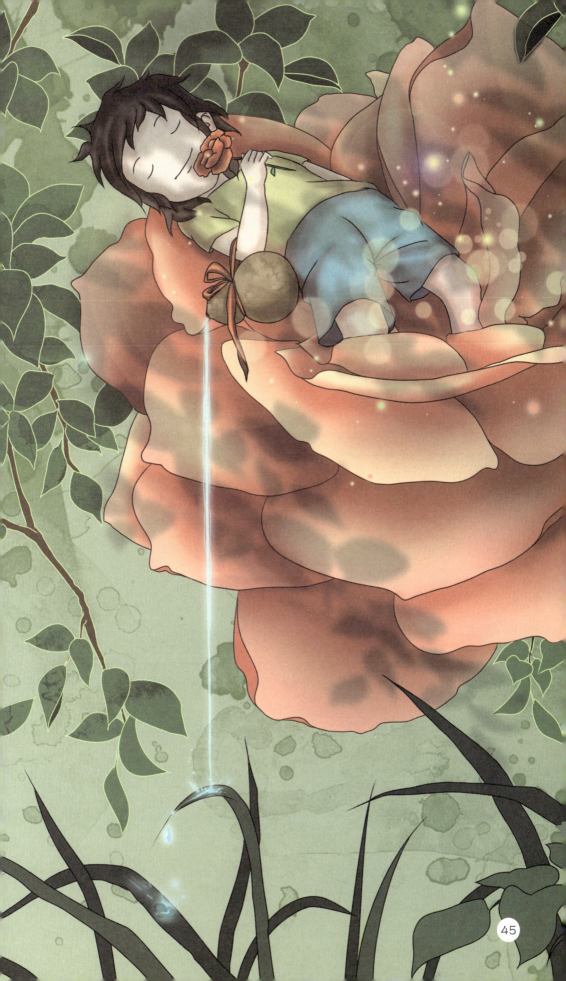

夏日南亭怀辛大

孟浩然

山光忽西落[1]，池月渐东上[2]。
散发乘夕凉，开轩卧闲敞[3]。
荷风送香气，竹露滴清响。
欲取鸣琴弹，恨无知音赏[4]。
感此怀故人，中宵劳梦想。

☀ **注解**

[1] 山光：山头上的太阳。
[2] 池月：池边的月色。
[3] 闲敞：幽静高敞的地方。
[4] 恨：遗憾。

☀ **诗意**

　　太阳从山头渐渐落下，月亮从池塘东面升起来，我披散着头发在月光下乘凉，打开窗户躺在安静高敞的地方。晚风送来荷花的清香，还能听见露水从竹叶上滴落的声音。我拿琴想弹奏一曲，可惜没有知音来欣赏，面对此情此景怀念起老朋友，可眼下只有到了半夜时分托梦相见吧。

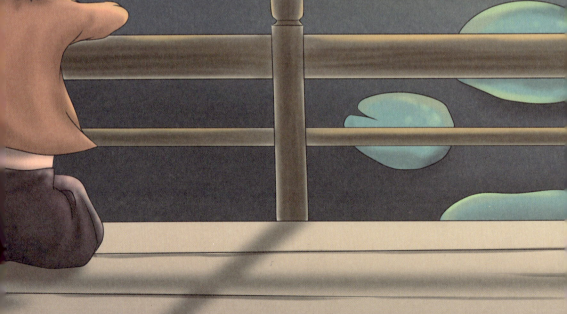

月下独酌四首（其一）

李白

花间一壶酒，　独酌无相亲。
举杯邀明月，　对影成三人。
月既不解饮，　影徒随我身。
暂伴月将影[1]，　行乐须及春。
我歌月徘徊，　我舞影零乱。
醒时同交欢，　醉后各分散。
永结无情游，　相期邈云汉[2]。

☀ **注解**

①将：偕，和。

②相期：相约。云汉：天河，指银河。

☀ **诗意**

　　我一个人在花园里喝酒，孤单地对着天空的明月举杯，醉眼蒙眬中，仿佛是月亮、影子和我在共饮。可是，月亮不能喝酒，影子也只是跟在我身后，那就暂时以月、影为伴，趁着这良辰美景及时行乐吧！我伴歌起舞，月徘徊、影徘徊，清醒纵然可以寻欢作乐，可之后还是要各奔东西。愿我们相约，结下像遥远的天河一样深广的情谊吧！

早寒有怀

孟浩然

木落雁南度， 北风江上寒。
我家襄水曲①， 遥隔楚云端②。
乡泪客中尽， 归帆天际看。
迷津欲有问， 平海夕漫漫③。

☀ 注解

① 襄水：指汉江流经襄阳的一段江面。
② 楚云端：作者家住襄阳，古属楚国，所以叫"楚云端"，代指家乡。
③ 平海：指江水宽阔广大似海。

☀ 诗意

　　秋叶纷飞，鸿雁南迁，北风呼啸，在这寒冷的深秋季节，我总是情不自禁地想起远方的家乡，看着江面上越行越远的船只，我这客居他乡的人也多想回去啊。就像摆渡的人需要问渡口、走路的人需要问路一样，我也很想知道：为什么我要远离家乡、远离亲人、不停地奔波在外呢？

子夜春歌

王 翰

春气满林香，春游不可忘。
落花吹欲尽，垂柳折还长。
桑女淮南曲，金鞍塞北装。
行行小垂手，日暮渭川阳^①。

注解

①渭川：渭水，也叫渭河。

诗意

　　春天来了，满树林都是香气，这时候可不能忘了去春游。落花随风飞舞，好像都被春风吹落了，长长的柳枝折下一截还是显得那么长。远处传来采桑女委婉的歌声，我骑着金鞍马，穿着塞北的服装，背着手慢慢走着，不知不觉太阳已经快要隐没在渭水边的大山后了。

子夜吴歌（春歌）

李白

秦地罗敷女[①]，采桑绿水边。
素手青条上， 红妆白日鲜[②]。
蚕饥妾欲去[③]，五马莫留连[④]。

☀ **注解**

①秦地：指今陕西及甘肃陇东地区。罗敷女：指乐府诗《陌上桑》中的罗敷。
②红妆白日鲜：指女子盛装后非常艳丽。
③妾：古代女子自称的谦词。
④五马：汉代一郡的长官太守出行时，乘坐五马拉的车子，故也以"五马"代指太守。

☀ **诗意**

　　春天来了，秦地的桑树新发了嫩叶，满树绿色倒映在河面，仿佛把河水也染成绿色的了。罗敷正在采桑叶，她凝脂白玉般的手在桑叶间拂动，美丽的面容也在桑叶的映衬下显得更加艳丽。路过的太守大人啊，你别再在这儿流连了，我家的蚕饿了，我要赶紧回去喂桑叶。

☀ **注解**

①镜湖：一名鉴湖，在今浙江绍兴东南。

②菡（hàn）萏（dàn）：荷花的别称。古人称未开的荷花为"菡萏"，即花苞。

③若耶：若耶溪，在今浙江绍兴境内。溪旁旧有浣纱石古迹，相传西施浣纱于此，故又名"浣纱溪"。

☀ **诗意**

　　初夏时分，放眼望去，鉴湖水面铺满碧绿的荷叶，朵朵荷花点缀其间，有的盛放、有的含苞，怡人的清香随风飘来，令人不禁陶醉。这里应该就是当初西施浣纱的地方了，想想她那么快地离开，等不及当天的月亮出来，等不及再感受月光下的荷花就到越王那儿去了。

子夜吴歌（秋歌）

李白

长安一片月[①]，万户捣衣声[②]。
秋风吹不尽[③]，总是玉关情[④]。
何日平胡虏，良人罢远征[⑤]。

☀注解

①一片月：一片皎洁的月光。
②万户：千家万户。捣衣：洗衣时将衣服放在砧石上用棒槌打。
③吹不尽：吹不掉之意。
④玉关：玉门关。
⑤良人：古时夫妻互称良人，后多用于妻子称丈夫。

☀诗意

　　皎洁的月光洒满长安城，不少妇女还在忙着洗衣服，她们拍打衣服的声音仿佛从没断过，一声声，一下下似乎都被秋风带到了玉门关外，向驻守在那儿的亲人们诉说着牵挂。什么时候能把侵扰边境的敌人打败呢，那样就可以回家了。

子夜吴歌（冬歌）

李白

明朝驿使发[1]，一夜絮征袍。
素手抽针冷，　那堪把剪刀。
裁缝寄远道，　几日到临洮[2]？

☀ **注解**
①驿使：古代驿站传送书信、征衣的使者。
②临洮：在今甘肃临潭县西南，此泛指边地。

☀ **诗意**
　　明天早上驿使就要出发了，我连夜在灯下为你做厚厚的战袍。一双白手被冻得用针都不利索，那还能拿稳剪刀。好不容易又是裁又是缝做成的袍子，什么时候能被带到临洮呢？

江楼月

白居易

嘉陵江曲曲江池，　明月晷同人别离。
一宵光景潜相忆①，两地阴晴远不知。
谁料江边怀我夜，　正当池畔望君时。
今朝共语方同悔，　不解多情先寄诗。

☀ **注解**

①一宵：指时间之久。潜：表深思的神态。

☀ **诗意**

　　一轮明月挂在高空，清冷的月光下，我身在嘉陵，不禁深深思念远在曲江的你，你应该也在思念着我这个老朋友吧，不知道你在那边好不好，也不知道你那儿是晴天还是雨季……如果知道会这么思念彼此，早就写信给你了。

正是江南好风景，落花时节又逢君。

——《江南逢李龟年》

责任编辑 朱梦娟

悦会·唐诗

在漫画中感受诗意，在诗意中感受生活

ISBN 978-7-5518-0396-0

9 787551 803960 >

定价：19.80元

子夜吴歌（夏歌）

李白

镜湖三百里[1]，菡萏发荷花[2]。
五月西施采，　人看隘若耶[3]。
回舟不待月，　归去越王家。